UN ANNIVERSAIRE.

Anniversaire du 13 Juillet 1842;

PAR

AMABLE BAPAUME.

PRIX : 75 CENTIMES.

A Paris,

CHEZ MOREAU, LIBRAIRE, PÉRISTYLE VALOIS, 182.

1846.

Un Anniversaire.

———⋘⋙———

Hier, sur les trois heures de l'après-midi, j'avais
été flâner au Bois de Boulogne. Arrivé à la mare
d'Auteuil, je montai au petit labyrinthe qui domine
coquettement les quelques massifs qui l'entourent :
j'étais seul, sans livre, sans tablettes, je ne tardai pas
à m'ennuyer. Ces lieux, trop connus de moi, blasèrent
bientôt mes regards, que je laissais vagabonder à leur
aise, tantôt à la voûte des cieux, tantôt sur le sable
tout prosaïque, sur lequel je traçais de bizarres figu-
res, tantôt enfin à travers les feuilles des arbres. J'allais me lever, car dans mon impardonnable oubli des
choses de la terre, j'avais laissé chez moi jusqu'à....
(je le dirai, dût M. de Musset ne plus me regarder
qu'avec un écrasant mépris) ; j'avais laissé chez moi
jusqu'à mes cigares. J'allais me lever, dis-je, car un
de ces bâillements qui attestent un homme hypocon-
driaque, venait de me cramper la mâchoire, lorsque
j'entendis au-dessous de moi le sable fin crier sous

quelques pas. Un jeune homme s'avançait, une main sur son front, que cachait déjà un ample chapeau de paille : sa droite tenait un porte-crayon et des tablettes. Un je ne sais quoi de vague, mais de puissant, me dit de bien regarder, de bien étudier cet homme, car j'allais l'entretenir sous peu d'instants, et pourtant cela n'était rien moins que probable ; en effet, je ne le connaissais pas, et je n'avais aucune raison assez majeure d'aller troubler le repos, le calme que semblait désirer cet inconnu. Je m'ennuyais tout seul, ce qui était loin d'être un motif pour moi d'aller déranger quelqu'un que je pouvais fort bien ennuyer aussi. Malgré toutes ces belles raisons, mon regard ne le quittait pas ; il me semblait, du reste, que j'avais déjà vu ce jeune homme aux bruns cheveux, au front largement et hautement sculpté, dont les grands yeux bleus, fixement attachés au Ciel, trahissaient une poétique mélancolie, ce jeune homme à la moustache aristocratique, à la démarche fière et noble. Il s'était assis à quinze pieds au-dessous de moi, sur un banc ombragé par une espèce de charmille qui longe cette gauche de la mare en venant par Auteuil.

Qu'est-ce qu'il vient faire là, me demandai-je au bout de quelques minutes, fatigué de l'entendre mur-

murer sans rien comprendre, de le voir gesticuler sans y comprendre davantage encore : Bast ! il est venu faire quelques strophes pour sa belle, c'est encore un poétaillon.

Je m'étais retourné de mauvaise humeur, je ne tardai pas à refaire volte-face à un bruit aigu qui me déchira agréablement l'oreille, à une odeur de soufre qui me parfuma délicieusement les narines. Mon inconnu venait d'enflammer un amadou chimique qui lui servait à allumer un cigare, un pur Havane. A cette vue, je jetai un cri que je comprimais aussitôt, pour finir intérieurement et avec respect : Il a des cigares.... des purs Havane !....

L'inconnu avait nonchalamment levé la tête ; mais n'entendant plus rien et ne voyant rien bouger, il la laissa, non moins nonchalamment retomber, en envoyant toutefois, à travers les arbres, quelques bouffées de son délicieux passe-temps dont l'odeur m'embauma : il imputa le cri que j'avais poussé à quelque enfant, qui jouait probablement à quelque cinquantaine de pas, et que l'écho lui avait renvoyé.

Pour moi, je le dévisageais : bientôt je le vis écrire quelques lignes ; je suivais sa main avec charme. Qu'il doit faire de belles choses, me disais-je ; il a la figure si expressive, si.... et puis il a de si beaux cigares.

Je formais le projet de descendre lui en demander un, de l'obtenir, à quelque prix que ce pût être, lorsque j'aperçus son mouchoir sur ses yeux : je regardai en lynx : il me sembla voir son papier mouillé : il venait donc de pleurer. — Qu'est-ce que tout cela signifie, me demandai-je?

Comme j'allais croire à quelque effet de fantasmagorie, mon inconnu se leva tout à coup, droit comme un if, porta les yeux au Ciel, puis aspirant une bouffée de mon crève-cœur, il se rassit aussitôt comme avec colère, et roulant entre ses doigts presque crispés, son cigare à peine à moitié, il le jeta dans l'eau.

Profanation !

Je poussai un cri plus perçant que la première fois ; comme la première fois, pourtant, je le comprimai encore et finis intérieurement : manant !

Comme la première fois, le jeune homme retourna la tête et attribuant encore à un enfant mon exclamation, il n'y donna pas plus d'attention.

Je dus alors me tenir le soliloque suivant, un peu prosaïque, si vous voulez, mais éminemment de circonstance : ah ça ! qu'est-ce que c'est que cet individu-là ?

Il a bonne mine, bonne prestance, bons habits, beaux
et bons cigares, et puis il vient s'asseoir ici comme
un incompris, pleurer comme un enfant, fumer comme
un cuistre.... c'est pourtant un jeune homme tout à
fait bien.... ses cigares parlent pour lui.... au fait,
qu'est-ce qu'il écrit ?.... pourquoi pleure-t-il ?.... c'est
pas naturel encore, qu'après avoir paru fumer avec
tant de plaisir, on châtre ainsi la volupté !

Comme je m'entretenais ainsi, comme mon inconnu s'était remis à écrire, débouchait tout à coup,
par l'avenue qui mène au rond Mortemard, une jeune
et belle femme de trente ans à peine, que sa voiture
attendait à quelques pas. Pour un moment je fus tout
à elle, qu'il me sembla avoir vue aussi quelque part.
Elle s'était avancée seule sur le bord de la mare, et
jetait des morceaux de madelaine aux poissons. Lorsque son dernier gâteau eût été englouti, elle alla s'asseoir sur le banc de droite, à cinq pas de celui-là que
j'avais tout lieu de croire poète, et qui semblait n'a-
voir rien entendu, rien vu, et avoir été enfin, tout
entier à sa composition.

Ma voisine, promenant ses yeux de côté et d'autre,
ne tarda pas à remarquer mon inconnu, que le saule
pleureur lui avait masqué un instant : au moment où

son regard tombait sur lui, les deux mains du jeune homme lui couvraient la figure, et ses tablettes avaient roulé à terre. Elle me parut tout à fait surprise; aussi avança-t-elle un peu la tête, et, remarquant qu'il ne bougeait pas, se hasarda-t-elle à se lever un peu. Comme le jeune homme ne remuait toujours point, je voyais déjà la taille de notre jolie compagne s'arrondir, prête à reprendre place sur le banc, quand un sanglot sourd s'échappa de la poitrine de mon voisin. La gracieuse fée jeta un cri d'effroi, moi, un d'étonnement, qui se perdit dans le vague, pendant que l'inconnu, laissant tomber ses mains sur ses genoux, montrait sa figure à celle qu'il venait de faire pâlir.

— Edgar, s'écria-t-elle aussitôt, la voix pleine d'émotion....

— Madame de P...., exclama mon voisin, qui me parut non moins surpris, non moins ému.

Pendant que je répétais à part moi:

Edgar.... Madame de P.... J'y suis!

Je ne regrettais pas ma promenade.

Madame de P.... s'était avancée vers le jeune homme : Eh bien! que faisiez-vous là?.... des vers....

— Des vers, en effet....

— Une élégie?....

— Une élégie, Marquise.

— Et comme toujours, mon trop.sensible poète s'est tant intéressé à son héros ou à son héroïne....

— C'est vrai!.... je suis fou!.... Tenez! j'étais né pour être un souffre-douleurs.... la fortune a gâté mon rôle.... il m'aurait convenu.... tandis que n'ayant rien à désirer.... que votre présence....

— Edgar!....

— Laissez-moi vous le dire, laissez-moi vous en pénétrer, que vous me l'accordiez plus souvent!

— Insatiable!....

— Je vous aime tant....

— Chûûûût!....

— Quoi?.... du monde.... Non.... et puis, a-t-on peur de son amour?

— Non!.... mais.... pour qui ces vers?.... une femme....

— C'est une élégie, Marquise.... et vous ne m'avez pas encore défendu votre porte....

— Oh! Edgar....

— Ainsi, je suis heureux....

— Cependant!....

— Ah ! oui.... mais cette élégie, Madame, regarde celui-là que nous avons tant aimé tous deux.... celui-là qui m'a mis à même de vous voir.... de....

— Ah ! bien, Edgar.... bien !....

Madame de P.... pleurait.

Moi, doucement ému de ces jeunes paroles d'amour, de ce suave entretien et de cette mystérieuse et profonde douleur, j'écoutais religieusement.

— Voulez-vous, Marquise, reprenait Edgar, que je vous lise ce quatrième anniversaire sur sa mort.... je viens de le terminer....

— Oui ! ami ! oui !.... lisez !.... je vous écoute....

— Asseyez-vous.... là.... près de moi....

Madame de P.... s'assit près d'Edgar, qui, ramassant ses tablettes à ses pieds, lui lut les vers suivants avec ame, pendant que je retenais mon souffle pour mieux boire ses paroles.

A LA

DUCHESSE D'ORLÉANS

ET TOUTE

LA FAMILLE ROYALE.

Le jour même où périt l'illustre Ferdinand,
Vous avez encor dit : mon Dieu ! vous êtes grand,
Et n'avez en ce jour de terribles alarmes,
Duchesse, accusé Dieu toujours que par vos larmes.
Mais vous avez aussi,—vous êtes bon, Seigneur,—
Pris en pitié son ame et ranimé son cœur,
Car vous avez voulu—le soir qu'une prière
Vint parler en sanglots à votre cœur de père —
Que votre ange apparût à notre Reine en pleurs
Et calmât en ces mots ses augustes douleurs :

« Vous pleurez votre époux perdu pour vous sur terre,
» Vous pleurez sur sa gloire, une gloire éphémère,

» Et sur ce règne, hélas ! qu'empêcha le tombeau,

» Règne qui promettait à tous d'être si beau,

» Sur lequel, attendant, mais sans impatience,

» Votre France fondait sa plus belle espérance.

» Femme ! ne pleurez pas !.... pour prix de ses travaux,

» Les Cieux ont à la terre envié son héros

» Qui tout jeune avait su parmi les plus illustres,

» Tête haute, marcher, lui ! ce vieux de six lustres.

» Non ! Dieu n'a pas voulu qu'au terrestre contact

» Plus longtemps, voyez-vous, il souillât sa belle ame ;

» De toute impureté Dieu le voulut intact

» Et tout resplendissant de la plus pure flamme.

» Et jugeant ses vertus indignes des bas lieux

» Et voulant en parer les célestes demeures

» Il lui dit : Ferdinand ! oui ! je veux que tu meures,

» Mais pour venir siéger à ma gauche en les Cieux !

    » La mort met tout hors cause

» Et du pauvre et du riche, ô Reine ! qu'on soit fils,

» L'impitoyable faulx tranchant toujours les fils

    » Rit des maux qu'elle cause.

       » Lorsque la mort

       » Ouvre une tombe

» Il faut qu'un mort

» Toujours y tombe ;

» Aucun ressort

» N'a jamais pu rayer de la fatale liste ;

» Rien ne résiste

» Aux coups du sort.

» Il n'est personne

» Qui puisse à ses arrêts d'un jour désobéir

» Et princes et sujets, tous doivent obéir

» Quand l'heure sonne !

» Femme ! ne pleurez pas,.... si la mort l'a frappé,

» Voyez dans quel manteau votre époux s'est drapé !

» Bonaparte, ici-bas qu'il a pris pour modèle,

» Bonaparte, l'homme-géant,

» Savez-vous devant tous que là-haut il l'appelle,

» Reine ! son Reischstadt-Ferdinand.

» Au milieu des héros favoris de la gloire,

» Lui-même, savez-vous, Louis (XIV)

» L'est venu présenter au temple de mémoire

» Comme un de ses plus dignes fils.

» Ce n'est pas tout encor : sachez que Dieu qui l'aime,

 » Pour prix de ses nobles travaux

 » A posé sur son front, Reine ! a posé lui-même

  » La couronne d'or des héros ! »

— Ah ! bien, toujours bien, Edgar, s'écria Madame de P.... Je les remettrai moi-même à la Duchesse.

— Ah ! oui, c'est bien, Madame, c'est bien !.... Cela est aussi beau que l'élégie de Lafontaine, exclamai-je d'une voix tonnante....

Madame de P.... se retourna effrayée, Edgar abasourdi.

Je descendais du labyrinthe.

— Monsieur, allai-je de suite à lui, relisez-moi ces vers, je vous en prie, que je les retienne bien.... que je fasse souvent de leur lecture une de mes plus belles récréations.... Pardon !.... j'étais là.... je vous ai entendu.... mais vous m'aviez intéressé.... intrigué.... Enfin.... enfin, Monsieur, il était écrit que je devais serrer la main à un de nos meilleurs poètes.... Faites-moi cette amitié.... je vous en conjure.... à un confrère.... votre main !.... vos vers !.... Et vous, Madame, n'allez pas oublier de les remettre dès demain à la Duchesse d'Orléans, à la Reine, au Roi.... moi! je les donnerai à toute la nation ! ! !

Attérés, anéantis, nos deux amants me prenant sans doute pour un farfadet, ne me répondirent pas. Je me baissai alors vivement, et ramassai les tablettes qui venaient de retomber à terre et m'enfuis avec.

FIN.

VERSAILLES,

IMPRIMERIE DE KLEFER, PLACE D'ARMES, 17,
Maison des Gondoles.